mini souris noire

Le chat de Tigali

Didier Daeninckx

Illustration de couverture
Antonin Louchard

SYROS
jeunesse

Didier Daeninckx
Né en 1949, à Saint-Denis, Didier Daeninckx a exercé pendant une quinzaine d'années les métiers d'ouvrier imprimeur, d'animateur culturel et de journaliste localier.
En 1984, il publie *Meurtres pour mémoire* dans la série noire de Gallimard. Il a fait paraître depuis une vingtaine de titres qui confirment une volonté d'ancrer les intrigues du roman noir dans la réalité. Didier Daeninckx a obtenu de nombreux prix : Prix populiste, prix Louis Guilloux, Grand Prix de littérature policière, prix Goncourt du livre de jeunesse... et en 1994 le prix Paul Féval de littérature populaire pour l'ensemble de son œuvre.

Du même auteur en BD :
— *Arcadius Cadin* (Éditions Encrage)
— *Meurtres pour mémoire* (Futuropolis)
— *La page cornée* (Mako)
— *Le der des ders* (Casterman)

Catalogage Électre-Bibliographie
Daeninckx, Didier – Le chat de Tigali.
Paris : Syros, 1997 (Mini Souris noire ; 1). ISBN 2-84146-405-9. DEWEY 811.5
(Albums et fiction. Romans. Aventures et voyages)
Public concerné : Bons lecteurs (à partir de 9 ans)

© 1990. Syros
© 1997. Éditions La Découverte et Syros
© Syros, 2004

Extraits du journal de François Huet, instituteur

Vendredi 21 août

Le vent faible et brûlant balance les branches tordues des oliviers. Des murets de pierre grise strient les collines alentour. Au loin, sur le chemin calcaire, la jeep de Radam soulève la poussière des bas-côtés. Bientôt la pointe rocheuse de Tigourn encornera le soleil et la chaleur commencera à décliner.

J'attends ce moment pour sortir de la maison, traverser la place vide et m'approcher des hommes du village rassemblés près du puits. Nous parlons une dernière fois des récoltes à venir, de l'eau, de l'électricité

promise l'année précédant mon arrivée...
Ils n'en connaissent que les poteaux gou-
dronnés qui dorment depuis cinq ans, de
cent mètres en cent mètres, dans le fossé
éternellement sec qui borde la route de Tizi-
Ouzou.

Nous nous serrons la main et chacun
d'eux porte la paume à son cœur. Ils se dis-
persent dans les champs.

À la maison Sonia ferme les volets et,
comme à l'habitude, le couinement des
charnières alerte le chat. Il saute d'un bond
sur l'étagère, surpris de n'avoir pas à se fau-
filer entre les vases et les figurines d'argile,
puis il essaie de se glisser entre les battants
afin de régner en maître sur la nuit des
chats de Tigali.

Je le vois à temps :

— Ne le laisse surtout pas partir !

Sonia le saisit vivement par le train arrière.
Il tourne la tête, miaule de colère en décou-
vrant ses dents, l'une de ses pattes de

devant s'est légèrement soulevée, prête à griffer l'air et les mains qui le retiennent. Sonia éloigne son visage, par précaution. Je me mets à crier :

— Arrête Amchiche !

La sonorité de son nom suspend son mouvement, les griffes se rétractent et, dès qu'il redevient docile, je l'enferme dans la grossière cage d'osier achetée la veille au marchand de poules d'El-Bahri.

Nous n'avions jamais réfléchi à ce que nous ferions de lui à l'échéance de notre contrat de coopération, non par insouciance ou manque d'attention à son égard mais tout simplement parce que Amchiche menait la vie indépendante de tous les chats de Kabylie, donnant l'impression d'accorder une faveur exceptionnelle en acceptant une caresse ou un bol de lait. Il appartenait à cette terre, au même titre que tous les autres habitants de Tigali, et nous pensions que les enfants de l'école veilleraient sur lui en se souvenant de ces journées baptisées « Promenades éducatives », pendant lesquelles il nous suivait, rameutant les traînards à la manière d'un chien de berger.

Vanessa troubla l'ordre des choses, un soir de juin, alors que nous cueillions ensemble les premières pêches du verger.

Sonia lisait dans le soleil déclinant. J'étais assis sur une branche maîtresse, me débattant avec la masse du feuillage, quand la voix zozotante de Vanessa s'était élevée jusqu'à moi :

— « Ame-Six » vient avec nous en France ?

Elle avait laissé le dernier mot en suspens pour donner l'illusion d'une question mais le reste de la phrase affirmait l'essentiel :

« Ame-Six vient avec nous... »

J'avais essayé de discuter.

— Tu sais Vanessa, il sera plus heureux à

Le chat de Tigali

Tigali ; c'est là qu'il est né...

Ses yeux s'étaient élargis, envahis de bleu.

— Moi aussi je suis née ici... Vous n'allez pas me laisser, quand même...

Nous avions ri longtemps tous trois, sans raison, en croquant les fruits fermes.

Le lendemain, Sonia avait profité d'une course à Tizi pour faire vacciner Amchiche et remplir les formulaires indispensables à son emigration.

Vanessa s'est endormie. Le chat ne cesse de tourner dans sa cage. Sonia a posé sa tête sur mon épaule et ses pensées sont parallèles aux miennes... Les souvenirs filent dans le noir, la plage minuscule près de Béjaia, les balades dans la montagne des Singes, les virées à Bou-Saada, aux portes du Mzab...

La nuit avance au rythme des bruits qui la peuplent, les plaintes des chacals sont déjà loin, pIus loin que le braiement des ânes.

mini souris noire

Bientôt les coqs réveilleront le muezzin qui appellera les habitants de Tigali à la prière et au travail.

Samedi 22 août

Le taxi klaxonne en abordant le virage d'El Oued. Nous sortons sur le perron en traînant nos dernières valises. Un panier recouvert d'un tissu coloré est posé à l'ombre, près de la porte.

Vanessa soulève le torchon et nous montre le cadeau anonyme : des gâteaux de toutes sortes sont disposés en cercle et des figues fraîches séparent les zlabias des cornes de gazelle, les makroutes des pâtes d'amande.

Le chauffeur connaît par cœur le répertoire d'Aït Menguelet. Sa voix se mêle à celle du chanteur qui nasille et craque sur la cassette pirate. Aux abords d'Alger, Vanessa trouve le courage de demander sa chanson préférée, une vieille berceuse reprise par Idir. Il se tourne vers elle en ralentissant.

— Je ne l'ai pas, jeune fille, mais je peux essayer de te la chanter...

Le taxi traverse les faubourgs :

« A Vava Inou va

A Vava Inou va... »

Au-dessus de la Méditerranée la mélodie, dans nos têtes, couvre le bruit des réacteurs.

Dimanche 23 août

Nous nous sommes installés à Saint-Martin, un bourg situé au nord de Marseille, dans l'ancienne poste qui sert de logement de fonction à l'instituteur.

Sonia a décidé de reprendre son travail et elle rédige une lettre type tandis que je répartis les cartons de vêtements, de livres, de vaisselle dans les pièces correspondantes. Vanessa a déjà annexé le grenier. De temps à autre j'entends le grincement des roues du landau où dort Aurélie, sa poupée fétiche.

Amchiche est en maraude. Tout juste s'il a consenti à se montrer en début de matinée, suivi de deux chats au pelage terne. Même brossés, la comparaison tournerait à son avantage. Un véritable seigneur...

Il ne doit pas peser davantage que les chats de Saint-Martin, mais il est plus haut sur pattes, plus élancé et sa fine tête en forme de triangle allongé percée d'yeux immenses dodeline avec une grâce inconnue de ce côté de la Méditerranée.

Mercredi 16 septembre

La première semaine d'école est à peine terminée et les gosses sont déjà fatigués. Ils habitent en pleine campagne, pourtant j'ai l'impression qu'ici les champs, les bords des rivières sont équipés de télés et de magnétoscopes ! L'essentiel de leurs références transite par la Une, la Cinq, Canal +... Il s'en faudrait de peu qu'ils ne découvrent le détail des vendanges sur le petit écran alors que les vignobles cernent le village !

mini souris noire

Dimanche 27 septembre

À l'entrée de Saint-Martin deux veuves s'étaient trouvé un passe-temps original : elles apprivoisaient des pies. Les oiseaux venaient manger dans leurs mains et les accompagnaient chaque fin d'après-midi lors de leur promenade au cimetière, volant de taillis en buisson ou marchant à la Charlot sur le bord de la route.

En ce jour d'ouverture de la chasse, les fins tireurs de Saint-Martin peuvent rajouter quatre becs de pie à leurs trophées. Par chance, ils ont épargné les vieilles... Pas Amchiche : Vanessa l'a retrouvé près du tas de sarments, le crâne ensanglanté, incapable de bouger. Il acceptait rarement que quelqu'un le prenne dans ses bras, surtout pas un enfant, et c'est pourtant ainsi qu'elle le tient, l'oreille déchiquetée du chat traçant des dessins pourpres sur sa robe claire.

Elle est debout au seuil de notre chambre, le visage barré de larmes silencieuses.

Sonia emmène Amchiche dans la salle de bains et l'ausculte tandis que je lui tiens les pattes. Le coup a vraisemblablement été tiré de très près et le faisceau mortel n'a pas eu le temps de s'élargir. L'oreille droite n'est plus qu'une boule écœurante de sang coagulé. Un plomb lui a crevé l'œil droit.

Jeudi 22 octobre

Amchiche se remet doucement de ses blessures. Il se risque dehors depuis une semaine.

Je sais maintenant qu'il n'a pas été victime d'un banal accident de chasse : une lettre anonyme a été déposée dans notre boîte le lendemain du drame. « Personne ici ne veut plus voir ta sale bestiole. La prochaine fois sera la bonne. » Je ne l'ai pas montrée à Sonia et j'essaie de comprendre qui a bien pu nous l'envoyer.

Le chat passe de longues heures dans la classe, dressant son oreille unique au moindre bruit, tournant la tête de manière

appuyée pour surveiller l'espace de son œil valide.

Aucun des enfants ne m'a posé la moindre question à son sujet, comme s'ils se sentaient non pas solidaires du tireur mais coupables du silence de leurs parents.

Mercredi 11 novembre

Au retour de la cérémonie en mairie, j'ai retrouvé Sonia toute bouleversée.

Le « corbeau » s'est manifesté une seconde fois. Le même papier quadrillé, les mêmes lettres majuscules tracées en s'aidant des carreaux...

« Dernier avertissement. Tu crois peut-être que ton chat va continuer longtemps à se donner du bon temps avec nos femelles ? Fais-le couper ou on s'en chargera. Définitivement. »

Sonia attend que j'aie fini de lire.

— Tu en as reçu d'autres ?

— Oui... je ne voulais pas t'inquiéter avec

ça... C'est sûrement un pauvre type qui n'a rien trouvé d'autre pour s'amuser...

Vendredi 13 novembre

Le pauvre type dont je parlais il y a deux jours ne plaisantait pas.

L'une des deux vieilles aux pies m'a apporté le cadavre d'Amchiche enveloppé dans un exemplaire du *Méridional.* Son œil grand ouvert ne brille plus, une mousse teintée de vert coule au coin de sa bouche.

Elle l'a découvert près de la fontaine, à deux pas des poubelles communales, étendu sous une voiture, le corps agité de soubresauts.

Le vétérinaire a procédé à une rapide analyse des viscères d'Amchiche. Son diagnostic est sans appel : notre chat a avalé une demi- douzaine de boulettes de viande fourrées à la mort-aux-rats.

mini souris noire

Mercredi 23 décembre

Nous faisons quelques provisions pour le réveillon dans la supérette de Saint-Martin.

Vanessa est grimpée dans le Caddie et ses pieds disparaissent sous les paquets de café, les boîtes de conserve, les produits d'entretien et les gâteaux. Sonia pousse le chariot par à-coups, freine brusquement, s'amuse à foncer vers une pile de boîtes de petits pois et change de direction au dernier moment.

Je m'arrête devant l'armoire des surgelés pour choisir une glace. La gamine n'aime que le chocolat, Sonia adore la pistache et j'ai un faible pour la vanille...

Jusque-là, je ne prêtais pas attention à la conversation qui s'était engagée de l'autre côté du présentoir, vers la caisse. Je tends

mini souris noire

l'oreille en reconnaissant la voix du maire, Eugène Mouillot.

— Les boulettes, il n'y a rien de meilleur... La bête a beau renifler, l'odeur du produit ne passe pas...

Sonia se retourne, me fait signe de la rejoindre. Je porte mon doigt à mes lèvres et tends mon autre main vers elle pour lui dire de ne pas bouger.

Une autre voix, anonyme celle-là, enchaîne.

— Oui mais moi, j'ai bien failli l'avoir le jour de l'ouverture... Un centimètre plus bas et c'était pas un bout d'oreille qu'il y laissait... Si j'avais...

Le maire lui coupe la parole.

— L'essentiel, c'est qu'on n'en parle plus !

Un troisième personnage se met à parler pour conclure d'une voix pointue.

— Tu as parfaitement raison, Eugène... Il n'est pas près de venir, le jour où les Arabes feront la loi chez nous !

Le chat de Tigali

Ils sortent après avoir réglé leurs achats. Un amoncellement de Pamper's me dissimule à leurs yeux. Ils sont trois qui accompagnent le maire : Jean-Marie Piquebois, président du syndicat d'initiative, Lambert, le dresseur de chiens d'attaque, propriétaire du chenil de Saint-Martin, et une blonde que j'avais remarquée lors du défilé du 11 Novembre : elle était la seule femme à porter un drapeau.

mini souris noire

Jeudi 24 décembre

Vanessa s'est levée à minuit moins le quart, réveillée par la musique. Les bougies éclairent le sapin et font briller le papier doré qui habille les cadeaux. Elle libère le vélo de sa prison de carton et exécute un tour d'honneur autour de la table de Noël. Le bonheur du moment efface jusqu'au souvenir de ses pleurs.

Vendredi 25 décembre

À dix heures du matin, François Mouillot, le plus jeune fils du maire, cogne à la porte.

Je lui ouvre et passe la main dans ses cheveux en guise de bienvenue.

— Bonjour monsieur l'instituteur...

Il soulève un pan de son blouson, en sort un chaton minuscule et me pose la boule grise et chaude dans la main.

— C'est pour Vanessa... Il est né cette nuit.

J'ai à peine le temps de réaliser qu'il part en courant.

À onze heures, c'est au tour d'un autre de mes élèves, Cédric, d'apporter un cadeau

vivant à ma fille.

— Poupoune a eu ses petits hier soir... C'est le plus beau... Il est pour vous...

Élodie, Judicaël et Virginie font de même dans l'après-midi, transformant le landau de la poupée Aurélie en crèche pour bébés félins.

Lundi 29 mars

Aucun de nos cinq chats n'a la même couleur de poil. Ça ronronne en noir, en blanc, en roux, en gris perle... Chacun d'eux a une mère différente mais il suffit de les regarder se dresser sur leurs longues pattes, étirer leur corps nerveux et pencher leur fine tête en forme de triangle étroit pour comprendre que le père est le même...

Pas un n'accepte de se laisser prendre dans les bras. Ils ne sont pas sauvages pour autant et semblent s'habituer à notre présence. L'amour leur arrache déjà des plaintes, de même qu'à leurs dix-huit frères et sœurs répartis dans le village.

La nuit, leurs cris interminables ressemblent étrangement à l'appel du muezzin de Tigali.

Les Minis Citoyens

Des minis romans accompagnés de Cahiers Citoyens, pistes de lecture, d'écriture, d'éducation à la citoyenneté, réalisés par des enseignants, pour des enseignants, disponibles en librairie.

Mémé méchante
Stéphanie Benson
**Accompagné du Cahier Citoyen
« Liens familiaux »**

Le couteau de pépé
François Braud
**Accompagné du Cahier Citoyen
« Travail de deuil »**

Sèvres-Babylone
Gérard Carré
**Accompagné du Cahier Citoyen
« Situations à risques »**

Grand-mère Mambo
Hélène Couturier
**Accompagné du Cahier Citoyen
« Magie, sorcellerie et
superstitions »**

Crimes caramels
Jean-Loup Craipeau
**Accompagné du Cahier Citoyen
« Droits de l'enfant »**

Le chat de Tigali
Didier Daeninckx
**Accompagné du Cahier Citoyen
« Intolérance »**

Lili bouche d'enfer
Pascal Garnier
**Accompagné du Cahier Citoyen
« Garçons et filles »**

L'oasis d'Aïcha
Achmy Halley
**Accompagné du Cahier Citoyen
« Ma famille vient d'Algérie »**

Un marronnier sous les étoiles
Thierry Lenain
**Accompagné du Cahier Citoyen
« Travail de deuil »**

**Pas de pitié
pour les poupées B**
Thierry Lenain
**Accompagné du Cahier Citoyen
« Différences »**

mini souris noire

Qui a tué Minou Bonbon ?
Joseph Périgot
**Accompagné du Cahier Citoyen
« Rendre la justice »**

On a volé mon vélo !
Éric Simard
**Accompagné du Cahier Citoyen
« Au voleur ! »**

La valise oubliée
Janine Teisson
**Accompagné du Cahier Citoyen
« Affronter le handicap »**

Je suis amoureux d'un tigre
Paul Thiès
**Accompagné du Cahier Citoyen
« Adoption et intégration »
(à paraître fin 2004)**

Les doigts rouges
Marc Villard
**Accompagné du Cahier Citoyen
« Soupçons et preuves »**

Illustration de couverture : Antonin Louchard
Dessin de la Souris noire : Lewis Trondheim
Maquette : Robert Achoury
Imprimé en France par France Quercy, Cahors
Dépôt légal du premier tirage : 4ᵉ trimestre 1997
Loi n° 49.956 du 16.07.1949
sur les publications destinées à la jeunesse
N° d'éditeur : 10130950 - dépôt légal : janvier 2006